看圖學注音

編著／林美女

（二）

看圖學注音

目錄

使用說明

本套注音符號的出現順序，是依學生學過的注音符號為基礎，引導他學習新注音符號的方式，編排注音符號出現先後順序。所以不能顛倒單元順序學習。請依照單元的先後順序學習，由第一冊、第二冊、第三冊、第四冊、第五冊的順序學習。每一冊要依頁次學習。圖可以給兒童著色、練習說話。

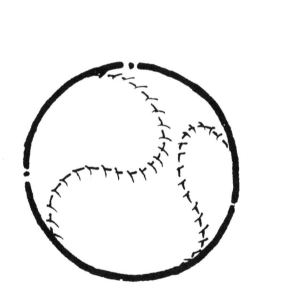

くろ

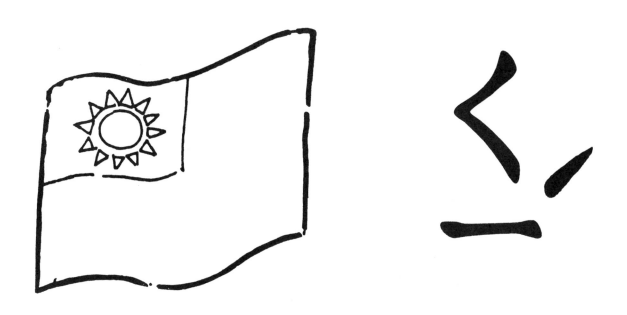

貼一貼，說說看屋裡哪個音相同？

ㄡˇ
一ˊ

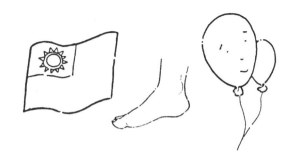

連連看，再把「ㄑ」音圈起來。

3~7

ㄓㄨ

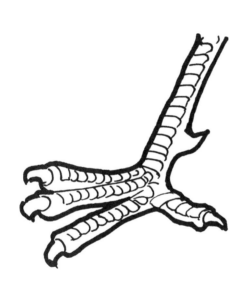

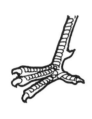    

連連看，再把「ㄓ」音圈起來。

ㄓ
ㄨ

ㄓ
ㄨㄚ

ㄓ
ㄢ

ㄓ
ㄨ

ㄓ
ㄨㄛ

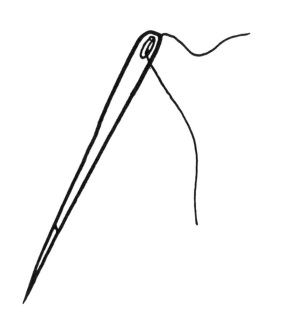

多

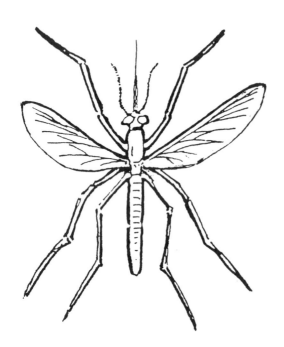

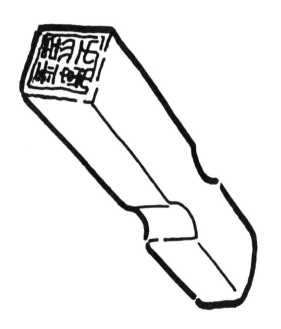

ㄇ
ㄓ

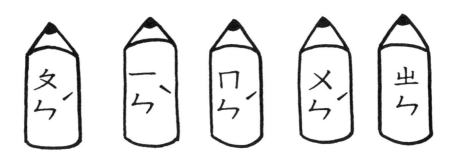

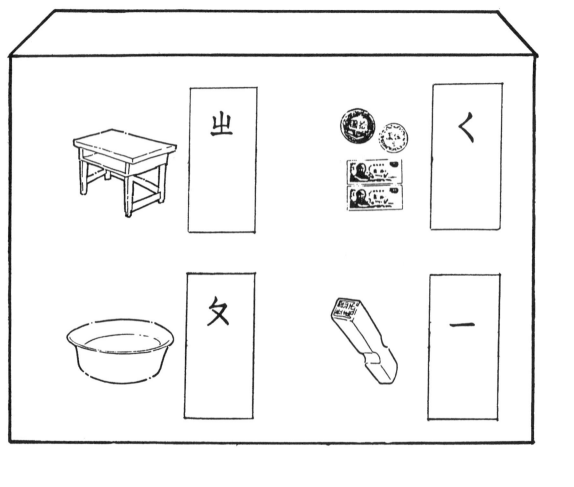

ㄆˊ ㄨ ㄛ ㄌˊ ㄢˊ

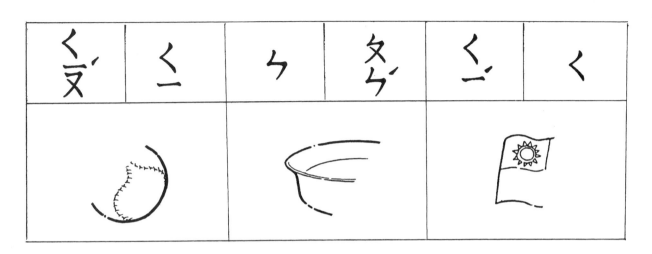

ㄓ	ㄓㄨ	ㄒㄧㄥ	ㄅ	ㄅㄥ	ㄓㄨㄛ

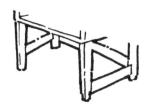

ㄓㄨ	ㄓㄢˋ	ㄑ	ㄑㄧㄢˊ	ㄑㄧㄡˊ	ㄑㄧ、	ㄑㄧˊ

ㄇㄣˊ	ㄨㄣˊ	ㄆㄣˊ	ㄓㄣ	ㄓ	ㄓㄨˇ	ㄓㄨㄚˋ

ㄌㄧㄢˇ	ㄧㄢˇ	ㄍㄜ	ㄨㄛˋ	ㄑㄧㄠ	ㄑㄧㄠˊ	ㄧㄣˋ

ㄧㄣ	ㄧㄢ	ㄧㄚ	ㄨㄛ	ㄨㄚ	ㄨㄣ	ㄣ

ㄍㄜˊ ㄑㄧˊ	ㄑㄧ ˙ㄍㄜ	ㄑㄧㄠ ㄇㄣˊ	ㄍㄨ ㄑㄧㄠˊ	ㄅㄚˇ ㄑㄧㄡ	ㄑㄧㄢ ㄅㄣˇ	ㄅㄚˋ ㄑㄧㄡˊ

ㄇㄨ ㄓㄨˇ	ㄓㄣˇ ˙ㄊㄡ	ㄅㄚ ㄇㄣˊ	ㄆㄞ ㄑㄧㄡˊ	ㄓ ㄓㄨ	ㄌㄧㄢˇ ㄆㄠˊ	ㄅㄧㄢˋ ㄍㄜ

ㄋㄧˇ ㄧㄡˇ ㄑㄧㄡˊ	ㄋㄧˇ ·ㄉㄜ ㄅㄧˇ	ㄨㄛˇ ㄧㄡˇ ㄑㄧㄡˊ	ㄨㄛˇ ·ㄉㄜ ㄑㄧㄡˊ	ㄨㄛˇ ㄊㄠˊ ㄑㄧㄡˊ	ㄋㄧˇ ㄍㄨㄥˊ ㄌㄞ	一、 ㄓㄠˇ

ㄊㄚ ㄉㄚˇ ㄨㄛˇ	ㄋㄚˇ ㄑㄧㄢ ㄅㄟˇ	ㄨㄛˋ ㄉㄠˊ ㄑㄧㄡˊ	ㄧˋ ㄓ ㄓㄨ	ㄨㄛˊ ㄧㄠˋ ㄍㄡˇ	ㄇㄚ˙ㄇㄚ ㄓㄨˋ	ㄍㄜˊㄍㄜ ㄓㄜˋ

3～29

ㄏ
さ

ㄏ
さ

貼一貼，說說看屋裡哪個音相同？

ㄜ
ㄨㄚ

3～33

ーぜ

貼一貼，說說看屋裡哪個音相同？

ㄝˋ
ㄝˊ

3～37

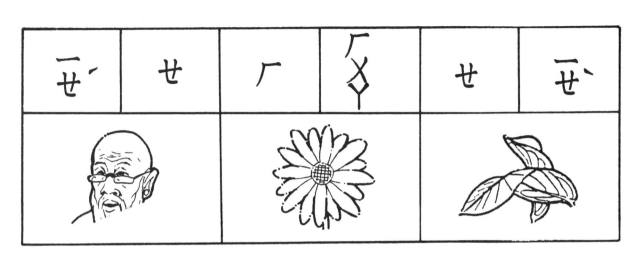

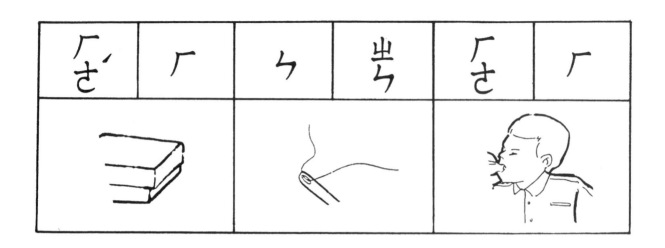

ㄏㄜ	ㄏ	ㄅ	ㄓ	ㄏㄜ	ㄏ

エー

3～46

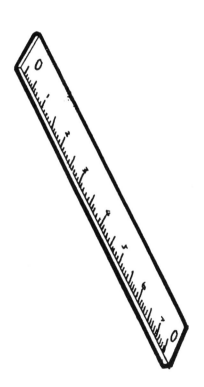

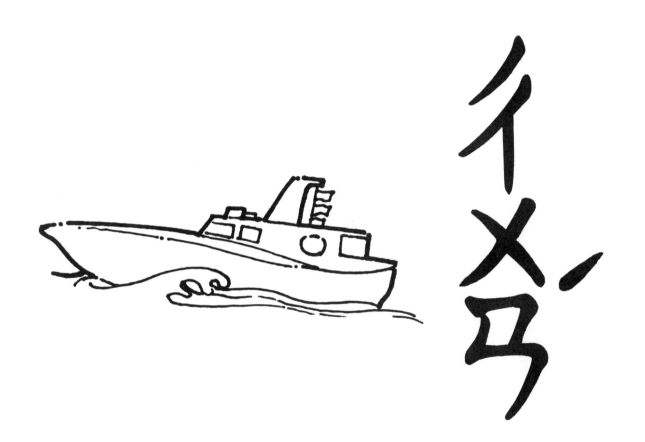

イメ

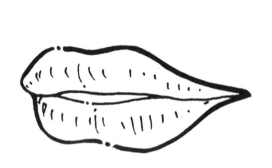

彳彳

貼一貼，說說看屋裡哪個音相同？

ㄔ　ㄨㄚ　一ㄝ　ㄒ

ㄒ
ㄝ
ㄏ
ㄔ

ㄙㄢ

一

ㄨㄢˊ

ㄅˊ

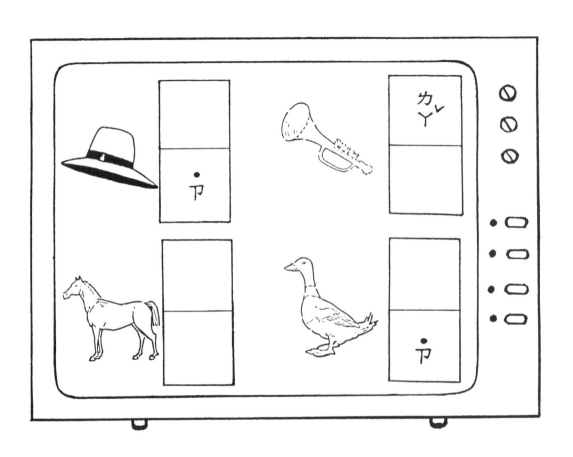

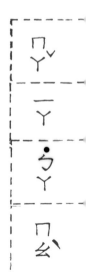

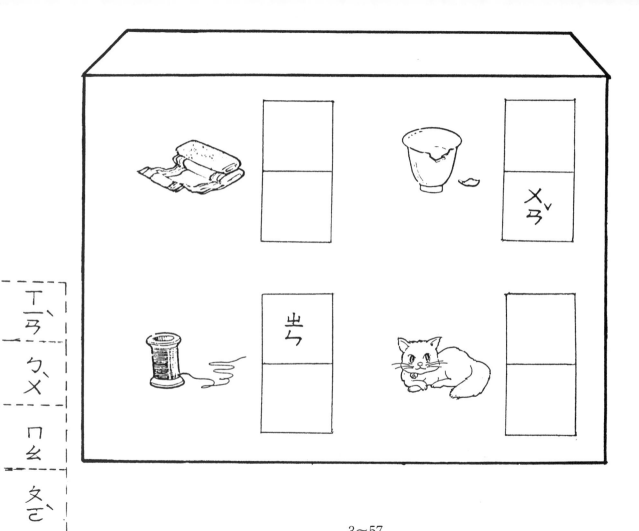

ㄨˇ
ㄓㄢ

ㄒㄧㄢˋ
ㄅㄨˋ
ㄇㄠ
ㄆㄛ

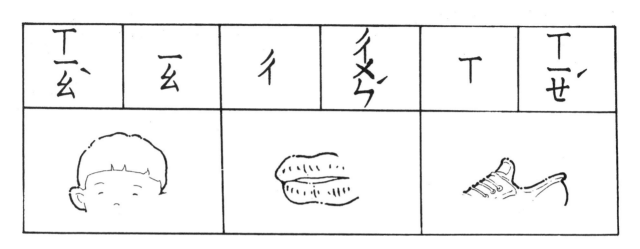

ㄒㄧㄠ	ㄠ	ㄔ	ㄔㄨㄣ	ㄒ	ㄒㄧㄝˋ